caderno inacabado

caderno inacabado

THAMIRES ARAGÃO

 TEMPORADA

Copyright © 2021 by Editora Letramento
Copyright © 2021 by Thamires Aragão

Diretor Editorial | Gustavo Abreu
Diretor Administrativo | Júnior Gaudereto
Diretor Financeiro | Cláudio Macedo
Logística | Vinícius Santiago
Comunicação e Marketing | Giulia Staar
Assistente Editorial | Matteos Moreno e Sarah Júlia Guerra
Designer Editorial | Gustavo Zeferino e Luís Otávio Ferreira
Capa | Carol Palomo
Revisão | Daniel Rodrigues Aurélio
Diagramação | Isabela Brandão

Todos os direitos reservados.
Não é permitida a reprodução desta obra sem
aprovação do Grupo Editorial Letramento.

Dados Internacionais de Catalogação na Publicação (CIP) de acordo com ISBD

A659c Aragão, Thamires

Caderno Inacabado / Thamires Aragão. - Belo Horizonte : Letramento ; Temporada, 2021.
50 p. ; 14cm x 21cm.

ISBN: 978-65-5932-046-2

1. Literatura brasileira. 2. Romance. 3. Aragão. 4. Memória. 5. Lembranças. 6. Amor. 7. Recordações. 8. Velhice. 9. Alzheimer. I. Título.

2021-1436

CDD 869.89923
CDU 821.134.3(81)-31

Elaborado por Vagner Rodolfo da Silva - CRB-8/9410

Índice para catálogo sistemático:
1. Literatura brasileira : Romance 869.89923
2. Literatura brasileira : Romance 821.134.3(81)-31

Belo Horizonte - MG
Rua Magnólia, 1086
Bairro Caiçara
CEP 30770-020
Fone 31 3327-5771
contato@editoraletramento.com.br
editoraletramento.com.br
casadodireito.com

Temporada é o selo de novos autores do
Grupo Editorial Letramento

Aos meus,

Lembrança, afeto e imagem

Flores, sóis, pássaros

Família, amor

11
1. GAVETA

15
2. RETALHOS

19
3. PINTASSILGOS

23
4. QUINDINS

27
5. ÍMÃS DE PINGUINS

33
6. AZULEJOS

39
7. CRIANÇA-FLOR

43
8. FOTOGRAFIA DA MEMÓRIA

Memória
A voz rouca da noite exprime a nossa
memória poderia dizer a
nossa história mas evito

o que possa
anular o sentido
do que procuro manter vivo.

– Gastão Cruz, em *Observação do verão*.
Lisboa: Assírio & Alvim, 2011.

1
Gaveta

Durante o amanhecer, o sol seca as últimas gotas de orvalho das poças d'água. Pouco a pouco, o povo abre as primeiras janelas. Bocas bocejam bons-dias ainda sonolentos. Posso sentir o cheiro de café passado vindo da padaria na esquina com a Rua Marechal. As luzes dos postes perdem a vida. Sinto a eletricidade vinda de toda parte. Fios percorrem as ruas, amontoados uns por cima dos outros, balançam com o vento, transmitem mensagens magnéticas. A eletricidade conecta toda a gente, ondas que pairam sobre nós. Os motores da cidade anunciam o início de mais um dia. O frio da manhã provoca arco-íris de óleos no asfalto. Os casais se despedem e partem para suas jornadas separados. Os meninos trocam figurinhas, sentados no meio-fio. Leona fuma o primeiro dunhill do dia no parapeito da sua casa. Os senhores tomam mate em suas cadeiras de praia coloridas.

Daqui de fora, as meninas roubam cartas de amor das caixinhas de correio. Dona Ilce revela que a filha casará no fim do ano. A coleta de lixo recolhe os vestígios da noite anterior. Os cães seguem os carros com seus focinhos ferozes e latidos esganiçados. Os pássaros sentem a chegada dos primeiros pingos de chuva e se escondem nas marquises. As roupas dançam sozinhas nos varais. Há alguns dias o verão foi embora. Daqui de fora, tudo se desfaz. Palavras, buzinas, latidos. O vento leva tudo para longe, sem direção. Somos pequenas manchas de café desenhando a própria existência. Folhas livres, maltratadas com o tempo. Daqui de fora, a vida é bonita.

Enquanto Cora relembra dos detalhes desbotados da sua existência, o tempo passa. Sente aquela saudade que esmaga, tão quente, abafada. Aquela saudade que já tem um canto na sala, ao lado da sua poltrona, perto da janela. A saudade é sua companheira durante esses dias frios. Esse sentimento que habita nas prateleiras empoeiradas, tira lascas dos porta-retratos, transforma em sépia as fotografias envelhecidas.

Sente uma vontade repentina de segurar tudo com as duas mãos, com os dentes. Trancar a gaveta da memória para poder revisitá-la. Sentir os cheiros que já não lembra mais, dos lugares da infância. Mastigar o sabor de quando as coisas eram doces. Viver aquela vida que, de tão distante, já não sabe se é sua. São desejos tão densos para os seus ossos frágeis.

A luz que
Invade a sala
E aquece o ar
E mancha a pele
Faz lembrar que
Nada dura para
Sempre

2
Retalhos

Hoje Cora completa setenta e cinco anos. Eu estou aqui, novamente, diante da nossa janela. Daqui, do outro lado, ela ainda é jovem. O vidro ladrilhado reflete a chama da vela sobre seu rosto, ela assopra. Ela ainda vive em mim. Aquela chama desmancha toda minha sobriedade.

Eu entendo que, nessa cadeira que vai e volta, como o movimento das ondas, ela também sente a vida passar. Já somos adultos, por vezes cansados. Flores que giraram em torno do sol por muitos anos.

O gato repousa seu sono moribundo no ventre dela, deixando rastros felpudos. Ele não acorda. O fio da máquina de costura se estende até a parede marfim. Embala com o pé, segura a linha transparente com a mão. Uma dança ritmada.

Os tecidos colorem o chão empoeirado. Costura cada retalho, tentando buscar um significado dentro das suas lembranças envelhecidas. Segurando aqueles tecidos, ela sente a vida, seus nuances e rendas. O fio que agora se confunde com o branco dos seus cabelos. Naquele emaranhado quentinho ela se perde, entrelaça. Ela sente que, de alguma maneira, costura a sua própria existência. Texturas, cores e remendos que são tão seus. O cetim das tardes alaranjadas na beira do rio. O amanhecer cor de lavanda no inverno. O fiapo puxado do seu uniforme escolar. As linhas que, de tão enroladas, escondiam agulhas prontas para furar os seus dedos desavisados. Cantarola uma canção empoeirada, enquanto relembra nostálgica de momentos que não voltam mais. A memória é um tesouro, repetia.

Era inverno, seus pais haviam planejado um passeio. Seu pai separava os agasalhos, sacos de dormir, cobertas. Sua mãe preparava os sucos, sanduíches e roupas de banho. Ela esperava cardíaca tudo ficar pronto. Caminhava em círculos, pulava amarelinha, refletia se precisava realmente ir ao banheiro de novo.

Blusa segunda pele, blusão de lã, casaco com capuz. Por último: um gorro. Ela detestava gorros. Sentia o seu corpo pesado, uma astronauta. Todos dentro do carro. O cheiro cítrico das laranjas que balançavam no porta-luvas. Seus pais assoviavam aquela canção dos Beatles. O sol entrava pela sua janela, trazia reflexos de uma felicidade que seu léxico infantil ainda não estava preparado para definir. Mais tarde aprendeu sobre vitaminas e relacionou àquele dia.

O chão cheirava à goiaba
Seus pés nus desviavam
Das larvas recém-nascidas
Era outono e as folhas que
Caíam ali ficavam
Montanha de vida e da falta
Dela

3
Pintassilgos

Hoje Cora completa setenta e cinco anos e cantarola canções da infância. Ela cantava tão bem, tocava instrumentos, imitava o ritmo dos pássaros. Durante a noite, antes de dormir, para distrair do frio, seu pai lhe ensinava a assoviar. Ele tinha um arsenal de assovios, ela dizia. As paredes da casa eram pregadas com muitas gaiolas, por isso as formigas faziam trilhas de alpistes nos ladrilhos do chão.

Ela o ajudava a trocar as águas dos potes e estudava: conhecia o canto de todas as aves, seus timbres e penas. Pintassilgos, coleiros, cacatuas, canários. Azuis, cinzas, amarelos. Quando ninguém estava por perto, Cora conversava com eles. Contava-lhes sobre seus planos de voar livre pela rua com os próprios braços, até as outras crianças perguntarem quem era aquela lá no céu. Os pássaros eram bons ouvintes.

Do lado de dentro, a vida segue com passos mansos, quase milimétricos. Ela alimenta os gatos e coloca água no fogo para passar o café. Cora, que sempre foi ansiosa, espera em pé, olhando fixo para a chaleira, sua velha amiga. Branca, rachada na ponta, com flores desenhadas em seu corpo.

Eu me considero, parado aqui diante dessa janela embaçada, um pintor de memórias. Um fotógrafo que teme que o objeto fotografado se mova. Ela foi minha musa, desde a primeira vez. Eu me recordo de como o sol contornava o seu rosto naquela tarde de agosto. Nós dois juntos, deitados no meu sofá de dois lugares. Ela me dizia que Mercúrio estava retrógrado, me mostrava a posição dos astros no céu. Eu contava as pintas das suas coxas, desenhava com caneta esferográfica nossas constelações unidas.

Nós éramos jovens, ela usava saias longas, protestávamos a favor da liberdade. Ela cantava "(...) Os amores na mente as flores no chão (...)", eu balançava a bandeira. Naquele dia, me contou como conheceu a palavra democracia. Seu avô gostava de doces. Guardava sua felicidade em pequenos recipientes de sorvete. Saboreava em segredo. A colher era o instrumento principal de sua orquestra. Um pouco de ovo, muito açúcar. Batia aquela pasta com a sabedoria de quem faz uma canção. Um tango dançado entre metais e vidros, espuma adoçada do mar.

A felicidade era compartilhada, mas o amor de seu avô por açúcar havia de ser escondido. Recheava os espaços vazios do armário, dentro dos travesseiros. Compartilhava muito, compartilhava tanto, que cada sorriso da família nasceu com um pouco de suas marcas. Ele sempre dizia assim: "ele é o meu sorriso favorito", para cada neto seu. A sua avó anunciava lá da cozinha que a comida já estava na mesa. Antes do almoço, as crianças faziam uma fila para ir ao banheiro. Era uma disputa na pia entre sabão e bolhas de lavanda. O avô cheirava todos pares de mãos e, na sua democracia, elegia aqueles mais perfumados.

Ela dormia no chão frio

No meio do quarto

Combinamos assim

Cada um no seu canto

4
Quindins

O Carlos falava que a gente não combinava junto. Ela era encantadora, tinha a voz agradável, cabelo preto longo, fazia tranças, ornamentava com flores. Eu estudava para ser jornalista, usava uma flanela verde de algodão. Durante as tardes, trabalhava em uma gráfica. No tempo livre, fazia xilografia, às vezes desenhava para ela. Cora pendurava-as nas paredes do seu quarto, sempre gostou de arte, dizia que tinha veia para aquilo. Eu reproduzia o que estava pronto, ela criava, pintava, compunha. A sua voz era o que mais me encantava, um pintassilgo. Ela se movimentava cantando. Os meninos da rua falavam que ela flutuava, as velhas a chamavam de tola.

No fim do ano, fomos visitar seus pais no litoral. Acordávamos cedo para longas caminhadas na beira do mar. Ela juntava conchas durante todo o caminho, colocava as maiores na orelha, queria se comunicar com o oceano. Eu falava sobre a proporção áurea, sobre o formato do seu rosto. Comparávamos o tamanho das nossas mãos.

Eu poderia ter escrito, mas a vida era corrida. Eu poderia ter escrito um poema de amor para ela. Quando ela quis ir embora, na primeira vez, eu deveria ter escrito uma carta para ela. Fiquei triste, mas não deixei que ela soubesse. Vivi a minha vida esperando que ela voltasse. De fato, muitas vezes ela voltou, pedimos desculpas entre abraços. No dia seguinte, ela fugia, dizia que não éramos compatíveis. Nós sabíamos que o amor não era exatamente assim. Foi então que me contou das suas dores, seus pesadelos, do exame que fizera. Estava diagnosticada a me abandonar. Aquela coisa que carregava dentro da sua cabeça.

Debruçado sobre teorias, tentei descrever em conceitos o que eu sentia. Eu deveria ter escrito um fado, qualquer coisa que tocasse a sua alma. Porém, todas as vezes que a vida a levou embora, eu não escrevi nenhuma linha. Nossa história foi um caderno inacabado. Eu nunca tive oratória, mas ela gostava dos meus mundos ficcionais. Cora me acompanhou em colóquios, me ajudou a ensaiar palestras. Foi um período de crescimento, ela conseguiu um novo emprego, os meus artigos foram reconhecidos. Levei-a para jantar, comemoramos com o Alfredo e o Plínio. Naquele ano, reformamos a nossa casa. Transformamos o segundo quarto em um escritório, perguntei o que ela achava sobre termos um bebê.

Depois do almoço, deitamos na grama e comemos quindins. Ela me contou que por ser uma sobremesa tão delicada, seu nome significava dengo. Depois, reclamou que o seu violão estava desafinado. Ela me contou, também, sobre suas dores de cabeça intermináveis. Ela disse que sentia que não tinha o controle da própria vida, me contou dos seus medos. No entanto, eu também tinha problemas que, na época, consumiam o meu tempo. Competíamos nossas dores.

Ela tentou regar as suas plantas, ter a sua natureza particular. Por vezes, tentou controlar seus sentimentos, nos inscrevemos em um curso de paisagismo. Acredito que aquelas plantas que se espalhavam sobre nós, reproduziam o movimento da vida. Outro dia, enrolei uma semente em um pedaço de algodão, esses seres têm vontade de viver, perseverar. Os girassóis perseguem o sol, são felizes.

Eu passei boa parte da minha existência tentando compreender de onde vinha a perseverança dela. Meu medo era que ela crescesse tanto que se espalhasse, ocupasse espaços que fugiam dos meus cuidados. As raízes se espalham pelo chão, bebem a água que não achamos, levantam cimentos, erguem casas. As raízes são mais fortes que rochas.

Hoje Cora completa setenta e cinco anos. Tem um metro e cinquenta e quatro, aproximadamente cinquenta e cinco quilos. Seus cabelos brancos representam a sua trajetória no mundo. Guarda em uma gaveta de setenta centímetros de comprimento recortes da sua existência.

Eu sabia que ela iria embora
Porque os bêbados teimavam
E o dia caía
Os três últimos segundos
Ela foi embora e
roubou meu último
Verso

5
Ímãs de pinguins

Acordo todas as manhãs com pressa para a vida. Não temos muito tempo. Rego as poucas hortaliças. Levo o cachorro para dar uma volta, observo no caminho os desenhos dos muros, as cores dos carros. Compro dois quindins.

Em casa, Ana me espera com o almoço pronto. Dois pratos, um azul e outro marrom, em cima da mesa. A massa passou do ponto, ela comenta. Um líquido vermelho escorre pelos dentes do garfo e cai no prato, provocando uma onda gordurosa. Ana me alcança o guardanapo, limpo os fiapos da barba e um pouco da camisa. Ela reclama que o seu violão está desafinado. Ela me conta, também, sobre suas dores de cabeça intermináveis. Ela me fala sobre o cachorro da vizinha que estava doente, o câncer do tamanho de uma manga crescia dentro das suas tripas.

A carne desce desajustada na garganta, tomo outro gole de suco de morango. Está faltando uma faca, reclamo. Ela me alcança a faca, batendo com força a gaveta de talheres. Ela me fala sobre a beleza das coisas, sobre as coisas da sua cabeça, sobre as coisas sentimentais. Sua voz continua bonita.

Observo os ímãs de pinguins na porta da geladeira, lembranças das viagens que fizemos, fotografias dos batizados dos nossos netos, listas de compras. A geladeira é daquelas antigas, meio caramelo, meio gorduchinha. Geme, não sei se pelo excesso ou falta de energia. Segunda-feira ligarei para o técnico, tomo nota. Observo o mosaico de poeira nos espaços não preenchidos com ímãs. Os tijolos sustentam aquela estrutura roliça que tremelica a sua própria existência. Ao lado, a chaleira anuncia aos gritos toda a sua carência. Cada mancha de gordura na parede conta uma história. Do sábado de peixe frito naquela noite de verão. Do café da manhã solitário com dois ovos e uma fatia de pão com manteiga. Da primeira fatia de bolo cortada no aniversário das crianças.

Você gostaria de sobremesa? Você está me ouvindo? De repente, sua voz me relembra a realidade. Olho firme aqueles olhos que conheço há tanto tempo e afirmo que sim, quero quindim.

Depois do almoço, nós dois deixamos a louça engordurada para mais tarde. Deitamos em nossa cama, sinto o vento que entra pelas frestas da parede de madeira. Ela se aproxima de mim com gosto de doce e de carne de panela. Nós dois damos choques. Os pés dela frios tocam os meus úmidos, mais uma vez temo perdê-la. Olho para aquela mulher estendida ao meu lado na cama, dividindo a coberta fina comigo e recordo que já a amei muito, no sofá, na fila do banco. Amei com toda a minha existência dolorida. Somos dois seres que dividem o mesmo espaço no mundo. Duas sombras que por vezes se colidem na noite escura.

Lembro quando vi Ana pela primeira vez, seu cheiro de essência de baunilha permaneceu em mim. Éramos jovens, mas já havíamos vivido o suficiente para reconhecermos as nossas próprias necessidades. Desde que comecei a me dedicar à escrita, frequentei a mesma cafeteria na Rua da Praia. Para quebrar o bloqueio criativo, sentava-me cada dia em um lugar diferente, experimentava cafés novos. Gostava de analisar pessoas, roubar suas identidades.

Na manhã que conheci Ana, estava determinado a pedir um café espresso bem cheio e um croissant de Romeu e Julieta. Havia acordado com dores da noite anterior, mistura de náusea e fome. O balcão da cafeteria era bonito, de ferro com vidros que refletiam a iluminação amarelada do ambiente. Lá havia bolos de formatos grandes, fatias de torta de limão com raspas de outra fruta. Pães árabes, pães daqui, pães mais escuros, pães de queijo. Pasteis de doce de leite e também de outros doces. Lá havia mousses, lá havia coisas salgadas. Foi no reflexo do balcão que refletia aquela luz amarelada, entre os quindins e os croissants, que observei Ana. Os nossos olhares se cruzaram, olhares de Cortázar. Pedi dois quindins.

Sentei ao lado dela, que assentiu mesmo desconfiada. Seus olhos eram nublados, como se procurassem um objeto perdido dentro de mim. Depois desse dia, tivemos outros cafés. Dois espressos bem cheios, dois quindins, um croissant dividido ao meio.

Nossa amizade cresceu tanto, que aos sábados ela começou a frequentar a minha casa. Conversávamos a tarde toda, conversamos sobre namorar. Namoramos muito, então ela começou a frequentar a minha casa aos domingos e segundas também.

Namoramos tanto, então ela aceitou morar comigo. Tomávamos café três vezes ao dia, fazia parte do meu processo criativo. Ela me falava sobre a beleza das coisas, sobre as coisas da sua cabeça, sobre as coisas sentimentais. Depois de Ana, vieram outras, me procuravam, dividiam sonhos e quindins. Redescobri cabelos negros e lágrimas confidentes. Todas tinham olhos de nuvens, a cabeça desajustada. Depois de Ana e entre Ana, tive muitas. Algumas surgiam à noite e desapareciam no outro dia. Talvez seja por isso que não me recordo de todos os nomes. Foram todas mulheres borboletas, surgiam com o vento, levantavam voo e partiam.

Percorro campos de batalhas

Molho um biscoito

na xícara de leite

Despenco de penhascos

Sou migalha, maisena

6
Azulejos

Ela ainda guarda o vaso de porcelana no centro da mesa, entre farelos de bolacha e grãos de açúcar. Ainda esmaga com as pontas transparentes das unhas as folhas de plástico das plantas. Murmura baixinho, enquanto a colher tilinta aquela velha canção sonolenta.

Imagino que, de alguma maneira, aqueles objetos são seus companheiros, fazem parte da história dos seus últimos anos de vida. Às vezes me pego pensando que aquela velha casa de madeira, com suas vigas e alicerce rochoso, tornou-se o seu próprio corpo. As suas geometrias são parecidas, suas poesias. As tábuas com rachaduras e manchas transformam-se em poros, rugas, vincos. A ação do tempo provocou marcas meticulosas em suas existências. Os azulejos do chão, úmidos e frios, são como a sua pele. As janelas sempre com os vidros fechados, são como seus olhos, que teimam não olhar o horizonte aqui fora.

O sol, vindo do mundo exterior, reflete nas venezianas. Põe a mostra toda a poeira e bolor. Salienta as sombras gigantes das poltronas. Revela a penumbra das fotografias.

Ao fecharmos os olhos, entendemos a relação direta que temos com o nosso corpo e com as coisas que o cercam. Enxergamos e somos vistos. Habitamos e somos seres habitáveis. Entendemos que, para existirmos, precisamos provocar marcas.

Sempre acreditei que a troca de olhares movimentava a vida. É ela que afirma a nossa existência; somos vistos e, portanto, existimos. Quando não somos vistos, perdemos a identidade; nossa existência dá lugar ao vazio. O vazio é o apagamento, as lacunas, a morte. Sou um romântico incurável, joguei fora os volumes de Manguel, Merleau-Ponty. Assumo que a minha sensibilidade é egoísta, mas gostaria de saber se, mesmo com os olhos fechados, ela ainda se recorda do que tivemos.

Embora o excesso de idade, desde menina Cora teve medo da morte, do esquecimento. Quando os primeiros sintomas surgiram, ainda muito nova, fez exames, conversou com especialistas, tomou dezenas de medicamentos. Compreendi que ela estava predestinada a sofrer pela perda das lembranças. Foi então que me readaptei, remei o barco junto com ela. Às vezes ela era a capitã, muitas vezes a turista deslumbrada. Construímos juntos uma nova vida com lacunas impreenchíveis. Cada dia era um novo recomeço, muitas vezes eu fui um intruso no seu lar, muitas vezes eu fui o amor da sua vida. Bastava uma fotografia.

Cora começou esquecendo-se onde estava o pote de açúcar, o cinzeiro, o par de tênis. Esquecia se havia temperado a comida, mas para isso provava diversas vezes com uma colher pequena. No início, eu lhe presenteava com palavras cruzadas, depois comecei a nomear os objetos com pequenas etiquetas, deixar recados nos espelhos. Por último, aconteceu o que eu mais temia, Cora esqueceu-se da própria existência. Eu imaginava que havia uma película em sua mente que tornava tudo turvo. Cora esqueceu o dia do seu nascimento, o nome do seu pai, a cor original de seus cabelos, o meu nome, o seu nome.

Por muitos anos caminhamos entre os destroços. Não lhe agradava a ideia de ser esquecida. Por isso, ela se acostumou com objetos. Empilhava, reservava, conservava, reciclava. Todas as lembranças e futuras memórias, nada poderia ser esquecido. Essa foi a maneira que encontrou para mostrar que ainda estava ali. Presente. Mesmo vivendo tão pouco, dentro do seu mundo empoeirado, ela era presente. Ainda guardava as fotos dos passeios, xícaras enfeitadas, toalhas com nomes gravados, presilhas de cabelo, ingressos de cinema, palavras, recordações. Diariamente ela lutava contra a ação corrosiva do tempo. Preservava para enfeitar o futuro.

Com seu café pronto e algumas bolachas amanteigadas, sentou-se para assistir ao jornal. O gato aninhou-se em seu colo gordinho e adormeceram juntas. Ela segue o seu fluxo natural.

Do lado de fora, mesmo ela não sabendo, a vida é bonita. Eu gostaria de lhe contar. Os meses têm passado depressa, mas a vida continua bonita. Como um filme fotográfico cortado. Colocamos o rolo contra o sol, a vida está lá, cronológica, simples.

No entanto, sabemos que todo filme tem um final e precisaremos comprar outro. Eu gostaria de tirar ela dessa câmara escura, revelar novas fotografias. Para nós velhos, todo dia é verão. Posso me sentar, se assim desejar, com o José da Rua Eustáquio todas as manhãs. Falaremos sobre o tempo, por exemplo, ele falará que é o dia mais frio do ano, deu no jornal. A vizinha da casa 302 trará bolinhos de chuva, uma receita nova que aprendeu vendo televisão. José e eu aceitaremos com carinho.

Lembro-me das taças
sobre a mesa
Da poeira das coisas
engarrafadas
À meia luz, manchando
as cartas
Escrevo para recordar
Dos riscos nas paredes
Das frases enfraquecidas

7
Criança-flor

Quando Cora se tornou Maria, foi mãe pela última vez. Dentro de poucos meses, cresceu dentro dela algo gigantesco, maior que um caroço de manga. Seu ventre aumentava, disputava seu lugar no mundo. Maria expandia feito fermento em bolo de padaria. De repente, acendeu dentro de mim uma faísca de esperança, eu precisava de Cora mais uma vez. Compreendi a divindade do nome Maria, me ajoelhei, ofereci quindins, me apeguei à religião. Acreditei que aquela criança, ao sair de dentro das suas tripas, iria devolver todas as suas lembranças. Aquela criança, ao sorrir, iria estimular tudo o que havia de bonito na vida. Eu precisava tanto ter de volta a parte em branco do seu cérebro, que esqueci que já não éramos jovens. O tempo havia passado, estávamos cansados e os ossos doíam. No corpo dela estouravam linhas vermelhas, os órgãos comprimiam, a coluna curvava. Carregava dentro de si a minha esperança.

Mesmo sem compreender, ela também amava o seu filho, desejava a sua felicidade. Eu sonhava com crianças ocas, de mente flutuante, olhos de neblina. Conforme a barriga de Cora crescia, a minha insegurança arrebentava. A medicina me alertou sobre o problema que carregávamos conosco, mas nós desejamos o filho. Eu desejava. Conforme ela jorrava leite, eu chorava. Seu ventre ocupava lugares, arrastava móveis, estourava as costuras das calças. Ela já não era Maria, nem Cora, nem Ana. Ela era a mulher que expandia, de mente flutuante.

A medicina me alertou e eu tampei os ouvidos, mas de fato tínhamos um problema. Algo dentro dela crescia em proporções que desconhecíamos. Uma criança-caroço, disse o doutor. Cora desejava aquele filho, seus seios preparavam-se para alimentá-lo, seu corpo contraía-se para expulsá-lo. A criança-caroço crescia e já não era mais manga. Havia uma ligação botânica entre os seus corpos, ela sugava todos seus nutrientes, sua seiva de vida.

Ao ver o corpo de Cora contraindo-se naquela maca, eu despertei. Para nós, não haveria esperança. Não haveria um enterro para criança-flor. Não haveria uma mãe para pentear os seus cabelos. Eu subi em sua maca, eu decorei algumas falas para lhe dizer, mas na hora calei.

E mesmo que a voz calasse

E que os pássaros cessassem

A gente saberia o que não

Era preciso dizer

8
Fotografia da memória

Ela me contou que não sonhava. Em seu mundo imaginário, tudo costumava ser pálido. Quando acordava, recordava-se de algumas sensações. Como quando passamos os dedos sobre um álbum muito empoeirado e não conseguimos ver as fotografias com nitidez.

Nos meus sonhos, o vai e vem das ondas causa vertigem. Chacoalha, remexe o que sobrou de nós. Durante a noite, o barulho do mar conta a nossa história, dos nossos sonhos, de vidas que não havíamos vivido. Os ossos que se racharam, os fios de cabelos que se quebraram, os dentes que afundaram. Laços, medalhões, colheres de prata perdidas nas profundezas escuras do oceano. Toda mistura líquida e sólida, se calcifica. Vira concha, areia e pedra. Vira barulho no fundo do mar. Resto de palavra, eco poeirento de uma voz já esquecida. Eu sinto aquele rastro de existência dentro de mim, coisa que habita a alma até hoje.

Eu sonho e o vai e vem das ondas me assombra, me faz lembrar uma história que não é a minha, de uma vida que não vivi. O olho do presente voltado para a cauda do passado. Barbatanas tão afiadas quanto a memória daqueles dias. Dias de sol.

O vai e vem das ondas me faz lembrar de dias quentes e úmidos. Gotículas salgadas invadem os glóbulos oculares. Engorduram, saltitam, deslizam suas insignificâncias sobre nossos corpos deitados. O mínimo me atrai. Partículas, moléculas, átomos, embriões, migalhas, gotas, grãos. Nós somos mínimos, minha amiga. Reflexos do vazio do que não fomos.

Eu me recordo do cheiro de coisa pastosa, filtro solar e escama de peixe. A porosidade da areia. O atrito das nossas mãos, grandes e finas. A minha cor, a sua - de aveia. O sal da terra nos nossos corpos. O estômago que ri. O calor que fermenta. Nós pescávamos como quem não espera nada. Sempre em silêncio, a linha e o anzol riscando o mar. Ela dizia que nossas palavras assustavam os peixes. Eles tinham outras maneiras de pronunciar, de sentir. Eu guardava todas as letras dentro da minha boca teimosa. Como os peixes falariam que te amam? Quando ela pescava, eu chegava perto, queria ouvir as reclamações dos seres marinhos. Aprender sobre sentimentos.

Ela era uma ladra de peixes. Roubava suas liberdades. Do oceano, para o baldinho de plástico. A água quente, as escamas frescas. Tudo se debatia, um universo todo dentro de um balde.

O peixe me olhava com uma película amarelada em seus olhos. A pele metálica, furta-cor. A boca aberta, um furo. Eu não sabia o que ele precisava, se ele precisava. Um murmúrio de socorro, uma revelação da vida após a morte.

Relembro daqueles dias líquidos, dormentes. Ela saía do mar e se enroscava em meu peito, como uma rede de pesca. Contava-me o segredo das nuvens. Seus cílios negros, os olhos verdes. Aquele deserto branco dançava em cima de nossas cabeças, criava desenhos abstratos, redondos. Questionava Deus e a sua arte. Questionava o sol e as vitaminas. Questionava como era possível existir dor em dias quentes. Ela acreditava em magia, que tudo tinha a sua hora, no poder da palavra. Eu, para me ver livre daquela ressaca, me sentava na areia, tomava mais um gole seu. Traçava alicerces com a ponta dos dedos no chão.

Ela me ajudou a erguer castelos de areia. Pequenas muralhas, enfileiradas de maneira que uma sustentasse a existência da outra. Com poucas janelas, pois temíamos a instabilidade. Temíamos tanta coisa, eu dizia. A imensidão do mar. Ondas. Buracos. Nadadeiras. Barbatanas. Dentes. Abismo. O infinito.

Colocamos nossas barreiras. Moldamos pontes, cavamos lagos, desenhamos crocodilos. Muros, portões, grades, cercas. Grandes, sólidos, densos. Criamos nosso refúgio, cercados pelo medo do que existia do lado de fora. Ela nunca quis ver.

A vertigem havia passado, a instabilidade acalmou, os medos diminuíram. Continuamos ali, ancorados. Até que ela abriu as janelas, destravou as portas, desceu as pontes, alimentou os crocodilos. Ela queria sentir o vento, molhar os pés. A maré subiu, o sol correu para o outro lado do céu. As nuvens choraram seus segredos. O vento finalmente chegou. Estremeceu, fez a bandeira voar como um pássaro em dias de temporal. A paisagem engessada, com o tempo derreteu. Linhas abissais. Um copo que transborda, borbulha. Marasmo. Sal de frutas. A primeira torre caiu. Ela dentro da minha história. Ali, parada, compondo uma fotografia da memória. Vendo os navios afundarem, as baleias fazerem ondas com as suas colunas. Segurando a minha mão enquanto o nosso castelo de areia desmoronava diante dos nossos olhos.

Acordo diante do seu corpo no outro hemisfério da sala. Aquela figura que já significou tanto para mim. Não me recordo dos seus nomes, das suas passagens em minha vida. Ela foi tantas quanto a sua mente permitiu criar. Perambulou na minha poesia, deixou vestígios irreparáveis. Odiei-a tantas vezes quanto a amei. Desejei sufocá-la, desejei que partisse, mas depois a quis de volta. Quebrei paredes, tranquei portas. Eu poderia ter escrito um poema de amor para ela. Eu poderia ter escrito, mas a vida era corrida. Eu deveria ter escrito uma carta enquanto me sobrava tempo.

Agora a vejo, desfragmentada ao meu lado, dormindo em sonho profundo. Acordo diante do seu corpo, aquela figura que ainda significa tanto para mim, agora me deixando. Seguro o seu corpo em meus braços. Quanto tempo dura uma recordação? Estilhaços de vidro nos cercam, estrelas brilhantes, ladrilhos. A vida é um campo de ruínas, um amontoado de tudo aquilo que perdemos.

Hoje, Cora completaria setenta e cinco anos. Eu estou aqui, novamente, diante da nossa janela. Daqui, do outro lado, ela ainda é jovem.

f i m

Há dias em que em ti talvez não pense
a morte mata um pouco
a memória dos vivos
é todavia claro e fotográfico o teu rosto
caído não na terra mas no fogo
e se houver dia em que
não pense em ti
estarei contigo dentro do vazio.

Gastão Cruz

editoraletramento editoraletramento.com.br
editoraletramento company/grupoeditorialletramento
grupoletramento contato@editoraletramento.com.br

casadodireito.com casadodireitoed casadodireito

Grupo Editorial
LETRAMENTO